Pétunia
princesse des pets

À la belle petite Sophie d'Élise
Dominique Demers

Pour Simon et Léo qui ont partagé
leur souper avec Pétunia pendant des semaines
Catherine Lepage

Catalogage avant publication
de Bibliothèque et Archives Canada

Demers, Dominique
Pétunia, princesse des pets
Pour enfants.

ISBN-13: 978-2-89512-445-0 (rel.)
ISBN-13: 978-2-89512-450-4 (br.)
ISBN-10: 2-89512-445-0 (rel.)
ISBN-10: 2-89512-450-7 (br.)

I. Lepage, Catherine. II. Titre.

PS8557.E468P373 2005 jC843'.54 C2005-940783-2
PS9557.E468P373 2005

Aucune édition, impression, adaptation ou reproduction
de ce texte, par quelque procédé que ce soit, tant électronique
que mécanique, en particulier par photocopie ou par microfilm,
ne peut être faite sans l'autorisation écrite de l'éditeur.

© Les éditions Héritage inc. 2005
Tous droits réservés

Directrice de collection : Lucie Papineau
Direction artistique et graphisme :
Primeau & Barey

Dépôt légal : 3e trimestre 2005
Bibliothèque nationale du Québec
Bibliothèque nationale du Canada

Dominique et compagnie
300, rue Arran
Saint-Lambert (Québec) Canada J4R 1K5
Téléphone : (514) 875-0327
Télécopieur : (450) 672-5448
Courriel : dominiqueetcie@editionsheritage.com

www.dominiqueetcompagnie.com

Imprimé en Chine
10 9 8 7 6 5 4 3

Nous remercions le Conseil des Arts du Canada
de l'aide accordée à notre programme de publication.

Nous reconnaissons l'aide financière du gouvernement du
Canada par l'entremise du Programme d'aide au développement
de l'industrie de l'édition (PADIE) pour nos activités d'édition.

Nous reconnaissons l'aide financière du gouvernement
du Québec par l'entremise du Programme de crédit d'impôt
pour l'édition de livres – SODEC – et du Programme d'aide aux
entreprises du livre et de l'édition spécialisée.

Pétunia
princesse des pets

Texte : Dominique Demers
Illustrations : Catherine Lepage

Pétunia était une vraie princesse.
Elle vivait dans un château, au sommet d'une montagne,
avec ses parents, le roi Paul et la reine Paulette.

Le roi et la reine étaient
très fiers de leur fille unique.
Elle avait la grâce d'un elfe
et le sourire d'une fée.
On aurait dit qu'elle était née
pour porter une couronne
de diamants, une traîne
extralongue, de gros bijoux,
des crinolines qui
coupent le souffle, une
robe ajustée et, bien sûr,
des chaussures en or
à petits talons et à bouts
très pointus.

Tout cela lui allait
à merveille ! C'était une
princesse parfaite.

Pétunia avait reçu l'éducation d'une vraie princesse.
Elle savait rester digne, sage et polie en toute circonstance.

Ainsi, lors de grandioses réceptions, elle avalait sans
rouspéter les asperges à la moutarde, la langue de kangourou
au poivre vert et les écrevisses au jus de sauterelle.

Quand le prince Plouc du royaume d'à côté se curait
le nez en cachette à la fin d'une soirée, Pétunia se retenait
bien de pouffer ou de se moquer.

Et pendant les ennuyeux défilés qui duraient
toute la journée, Pétunia saluait la foule
sans jamais s'arrêter, même lorsqu'elle mourait
d'envie de se gratter.

La princesse Pétunia ne cessa d'agir en princesse parfaite jusqu'à ce qu'un événement vienne ternir son honneur et celui de ses royaux parents. Un soir, après le souper, alors que, fort heureusement, il n'y avait pas d'invités, la princesse Pétunia… péta.

Oh! C'était un tout petit pet de rien du tout. Un mini *prout*, à peine perceptible. La princesse rougit et s'excusa poliment.

Le roi et la reine, fort ébranlés, demandèrent au cuisinier de
ne plus jamais servir de filets de foie de poussin. C'était sûrement
ce mets qui avait provoqué le petit vent gênant.

Mais voici que le lendemain, au souper annuel des chevaliers
Teflon, entre le potage au coquelicot et la rémoulade de zèbre,
la princesse Pétunia péta à nouveau.

C'était, cette fois, un pet un peu
plus prononcé. Un pet court, on pourrait
même dire bref, mais bien sonnant.
Un pet qui ne pouvait être ignoré.
La princesse rougit de la tête aux pieds.
Et le prince Plouc du royaume d'à
côté se mit à hurler :
— Pétunia a pété !

lundi

mardi

mercredi

PET

jeudi

samedi

dimanche

vendredi

Dans les jours qui suivirent, la princesse Pétunia lâcha une quantité hallucinante de pets de toutes sortes. Des petits pets secs et de longs pets mouillés, d'interminables pétarades dignes d'un bataillon armé, de brusques vents effroyablement puants et d'autres honteusement bruyants. Des pets étouffés, des pets étouffants, des pets en rafale et d'autres surprenants.

Le roi et la reine étaient fort accablés. Leur princesse, leur perle,
leur merveilleuse petite chose était affligée d'une terrible défectuosité.
Jamais, au grand jamais, ils ne réussiraient à la marier.

Ils firent venir les médecins les plus réputés. Pétunia dut avaler des sirops
infects, rester allongée des jours d'affilée et se laisser frictionner avec des onguents
qui sentaient le jus de pied. Rien n'y fit. La princesse continua de péter.

Ils firent venir les plus grands sorciers. Pétunia dut avaler
des potions au sang de dragon, dormir avec une araignée sur
le nez et se prêter à des rituels inquiétants. Rien n'y fit.
La princesse continua de péter.

Le roi et la reine étaient désespérés. Ils allaient se résoudre
à vivre dans la honte lorsqu'un petit garçon sonna à la porte du
château. C'était Gaston, le fils d'une servante.

De la haute tour où elle vivait désormais cloîtrée,
Pétunia vit Gaston arriver. Et quelque chose en elle se mit à vibrer.
– Je peux guérir votre fille, annonça Gaston, sûr de lui.

Le roi et la reine voulurent renvoyer cet impudent paysan. Mais Pétunia
supplia ses parents de le laisser parler.

ho ho ho !

hi hi hi !

– Quel est votre diagnostic, jeune homme ?
demanda le roi d'une voix bourrue.
– C'est tout simple, répondit Gaston. La princesse
étouffe. Elle a besoin d'air, de plaisir, de rires,
de jeux, de liberté.

Pétunia sentit son cœur chavirer. Ces mots coulaient
comme une musique à ses oreilles. Air, plaisir,
rires, jeux, liberté… Comme tout cela semblait bon,
comme tout cela semblait merveilleux.

La princesse Pétunia se débarrassa sur-le-champ de sa couronne
de diamants, de sa traine extralongue, de ses gros bijoux,
de ses crinolines qui coupent le souffle, de sa robe ajustée et, bien sûr,
de ses chaussures en or à petits talons et à bouts très pointus.

Elle offrit à Gaston un sourire fracassant, prit sa main et courut
dans les champs.

À partir de ce jour, Pétunia ne péta plus. En compagnie
de Gaston, elle s'amusa énormément, rit beaucoup et se permit
tout plein de folies.

Le roi Paul et la reine Paulette furent d'abord très offusqués.
Mais le plaisir de Pétunia et de Gaston était tellement
contagieux qu'à la fin…

… ils firent comme eux!